홀　　씨
하나가
세상을
치켜든다

도서출판
작가마을

홀씨 하나가 세상을 치켜든다

초판인쇄 | 2018년 7월 13일 **초판발행** | 2018년 7월 15일
지은이 | 김명옥 **주간** | 배재경 **펴낸이** | 배재도 **펴낸곳** | 도서출판 작가마을
등 록 | 2002년 8월 29일(제 2002-000012호)
주 소 | 부산광역시 중구 대청로 141번길 15-1 대륙빌딩 301호
    T. 051)248-4145, 2598   F. 051)248-0723   E. seepoet@hanmail.net

ISBN 979-11-5606-108-3 03810   ₩9000

이 도서의 국립중앙도서관 출판예정도서목록(CIP)은 서지정보유통지원시스템 홈페이지(http://seoji.nl.go.kr)와 국가자료공동목록시스템(http://www.nl.go.kr/kolisnet)에서 이용하실 수 있습니다.(CIP제어번호: CIP2018024512)

부산광역시 PUSAN METROPOLITAN CITY   부산문화재단 BUSAN CULTURAL FOUNDATION

본 도서는 2018년도 부산문화재단 지역문화예술특성화지원사업으로 지원을 받았습니다.

작가마을
시인선
㉛

홀씨 하나가 세상을 치켜든다

김명옥 시집

오랜 시간이 흘러도

어쩔 수 없는 숙명 같은 운명

그 곳에서 바뀌어지기를

기대한다는 것 어리석은 일이다.

청정한 숲속 새소리 바람소리 온전하게

새삼 싱그럽게 다가온다

힘껏 달려온 미완성의 삶

저 대자연이 나의 시를 포장해 준

배려에 감사할 뿐이다.

2018. 여름

김명옥

김명옥 시집

• 차례

홀씨 하나가 세상을 치켜든다

Part 2

김명옥 시집

작
가
마
을
시
인
선
㉛

홀씨 하나가 세상을 치켜든다

홀　씨
하 나 가
세 상 을
치켜든다

Part 1

봄을 캐다

어떤 봄날
겨울 동백꽃 끝자락 피고 지는
미지의 시간은 아름답다
나무 벤치에 발레 하듯 툭툭 떨어진
분홍 빨강 하얀 자유를 부르는 춤사위
날자 날자
텃밭에 소중한 생명의 속삭임
오랜 시간 뿌리에 품었던 꿈들
톡톡 잠든 흙을 깨운다
끝없는 도전을 재촉하는 비와 바람 햇살
싱그러운 푸른 색소들의 반란
침묵하던 사랑의 온기
자연의 법칙에 순응하는
홀씨 하나가 세상을 치켜든다.

흙냄새

먼 선조부터 이어져 왔어라
까마득한 기억을 캐어보는 체험
보물 같은 위력의 한 톨 씨앗의 힘
믿음은 위대하다
뙤약볕 내려꽂힌 한 낮
발밑에서 올라오는 미지근한 화근내
도심 둔탁한 길 익숙함에서 체념한
몇 줄기 소나기 뒤 향수를 일으키는
언젠가부터 후각에 저장된
친근함을 느끼는 것은
풋풋한 미래가 아직 남은 까닭일 게다
상추 정구지 밭 고귀한 흙의 비밀
깊은 곳 꿈틀대는 봄날 환희다
푸근한 어머니의 어머니 심장 같은
오랜만에 자비로움 보았어라.

오래간만에

– 여여정사에 가다

오랜 시간이 흐른 뒤에 알겠더라
그 곳 먼 길에도 들려오는 관세음보살
오랜 삶의 늪에 빠져 미루었던 이 순간을
작금부터 타진한 딸의 동행 동의가 반갑더라
뜬금없이 찾은 육신의 휴식 또 다른 초발심이더라
그 곳에 깊은 깨달음의 지혜 향기가 있더라
오랜 어리석음 화를 떨칠 수 있는 인연 새겨져 있더라
무심했던 길 그 때의 벚꽃나무 잘 컸더라
그 많은 겨울이 지난 뒤에 봄은 오고 또 봄
오랜 시간 삶의 중심에서 굳건히 걷고 있더라.

그 여름에 젖다

여름은 유별났다
여름을 상징하는 극성스런 빛의 광란
태양은 아침부터 열을 발산하고 있었다
대담하게 거부하고 싶은 뙤약볕
지구 궤도 따라 돌아가는 빛의 각도
폐부까지 푸른 바람만 가까이 받고 싶었다

신들린 마귀처럼 쏟아지는 열기
폭염은 인내를 녹이기 시작한다
어둠을 부르는 재깍이는 시계 바늘
일상을 신명나게 희망 같은
한풀 꺾인 어둠의 실체 하루를 식힌다
빠른 속도로 돌아가는 아이티 시대
가끔 현기증에 시달리던 경제
이른 아침까지 가슴에 맺힌다

모든 것은 지나간다
어쩔 수 없이 숙명처럼 지나가기를
속 시원한 초록 폭우가 간절했던
그 여름 끝자락은 유별했다.

흐린 날의 오후

겨울 바다는 잠잠하다
새해 벽두 봄을 재촉하는 겨울 비
수평선에서 너울너울 춤춘다
쳇바퀴 돌듯 질곡 같은 현실을 털어내고
무거운 눈꺼풀을 부릅뜨고
하루를 잊기 위한 생각을 일으킨다
화려한 외출은 당당하다
이유 있는 설렘은 풍성하다
눅눅한 생의 습도 소금처럼 말려놓고
저기압이던 겨울 바다는 뜨겁다
지구 끝에서 광안리 바다에도
오늘이 사금파리처럼 과거를 만들고
약속처럼 수평선이 뜨겁다.

겨울 숲에는

어느 날 문득 그리웠을까
오랜만의 휴식이다
일상을 일탈하는 것 쉽지 않은 행운처럼
끝없는 시간을 조우하며 달려온 삶
한 발짝 물러서서 찾는 북두칠성
겨울비가 산 숲을 적신다
산장 군불 땐 황토방 바쁜 하루를 지져대고
쑤셔대던 관절들의 탄성
겨울 밤 쩡쩡 행복에 젖는다
산은 구태한 허물을 벗기 위해
불꽃 튀는 생존과 다짐으로 기다린다
고요히 엄동설한 책임을 다하고
멀지 않은 날 화들짝 진달래 필게다.

소금 꽃 1

검푸른 바다에 뜬 둥근 해
성난 바다의 결정체 꽃이 핀다
파도에 휩쓸리던 그리움 저만치 표류하고
갯바위 모퉁이마다 간 배인 꽃이 핀다
면이 넓은 곳 당연하게 피고
면이 좁은 조약돌 비집어 눈치로 피고
종일 뙤약볕 그을리고도 모자란 천직처럼
소곤대던 바다는 꿈을 잉태하듯 핀다
굳은 결심 모여들어 피는 꽃
적당한 간이 들어야 제 맛이 나 듯
함축된 의지 다소곳 소리 없이 핀다
뜨겁게 하얀 둥근 그리움
간 배인 해를 닮은 꽃이 핀다.

소금 꽃 2

속 깊은 바다는 말이 없다
술렁이던 파도의 강도가 새겨놓은
크고 작은 생의 행복 꽃이다
둥글고 하얀 무늬 속에
수많은 고뇌의 한숨 새겨지고
수 없이 있을 뻔한 영광의 눈물 고였을
얼마의 눈물은 바다로 흘러들었을 게다
내 삶의 일부도 꽃이 되었을까
밀려들고 밀려가는 생존 속도에 깎이어진
세찬 자연의 순리에 다듬어진
심해 오랜 결실 눈물 꽃이다
하 많은 시간의 발자국
얼마만큼의 속앓이에 몸부림쳤을
차르륵 차르륵 손사래 치고 있다.

찔레꽃

초여름 낯선 곳에 핀 고독을 보았네
하얀 찔레꽃 필 때면
고향마을 맑은 계곡물에 빨래하던
그 시절 그리워진다
찔레순 꺾어 먹던
입속에 감도는 달큰한 즙 신기루였던
코끝 찡한 설움 울컥 이는 하루다
오래 전 산행에서 만난 쓸쓸히 피었던
산 숲 안부가 궁금하다

다섯 꽃잎 가장자리 노란 달이 떴다
문득, 그 달 어머니 얼굴 같아 서러운 날
꽃은 언제나 그 자리에 있었다
얼마 전 변함없는 순박한 모습 보았네
고귀한 자태 화관을 쓴
반갑기도 하고 슬프기도 하고
가슴 속 무엇을 쓸어내리는 하얀 꽃
먼 낯선 곳에 통곡 소리 들린다.

벚꽃

누군가 폭죽을 쏘아댄다
팡 팡 팡 메아리로 만개하는
삼월 하순 강변에
꽃샘추위도 끝나지 않았는데
벌써 외곽지대를 서성이는 꽃잎 무리
안타깝다
아깝다
그렇게 짧은 인연을 아는 사람들
눈과 가슴 필름에 저장하기도 한다
작은 바람에도 쉽게 떨어질 줄
탱탱한 절정도 얼마 되지 않았는데
보고 느낄 수 있을 때를 놓친 이는 안다
성급하게 흘러간 황금기
누군가 화들짝 떨어진다.

목련꽃

언제 왔는지 모른다
그 봄이 온줄 모른다
매일을 뜀박질하듯 지나는 길목
둥근 성 같은 집 대문 위에
봄은 어김없이 왔다
무심코 곁눈 흘긴 순간 우유빛 얼굴들
순진무구한 꽃봉오리를 보았다

언제 떠났는지 모른다
그 봄을 안타깝게 보냈는지 모른다
매일 같은 시간 허겁지겁 가던 길
후두둑 떨어진 주검들 널부러져 있다
오래 못 보는 생명인 줄
저토록 짙은 흔적 남길 줄
변색된 운명 피우지 말아야 했을
짧은 봄을 언제 보냈는지 모른다.

호박꽃

텃밭 구석구석 변방에 살아가는
끝없이 도전하며 줄기에서 피는 꽃
살아있다는 존재의 가치를 아는
처음에서 끝까지 효능은 광대하다
평범한 흙은 진실하다
꿈 많은 순박한 시골 소녀 같은 꽃
때론 못생김의 상징이었던
요즘은 보약 같은 특효약 대접이다
살다보면 세상일 모른다고 귀익은 격려
잎은 잎대로 사람들 식욕을 돋우고
꽃은 최고의 쉐프 손에서 은밀히 변신한다
수시로 변방의 꽃 구박하더니
누런 야물게 잘 익은 놈들 찾아
먼 시골 밭뙈기로 매입 소문이 돌고
진노란 호박꽃 떨어지면
그 자리 지켜 푸른 결실 하나씩 품더니
단단하게 골진 비싼 몸값 호사를 누린다.

주상절리를 보다

신의 한 수 이었을까
경주 양남면 검은 돌의 바다
하얀 포말은 역사를 만들었다
용왕의 분노가 치솟은 듯
바다 속 뜨거운 용암 분출이 만들어 낸
바다가 만들어 낸 신의 한 수인가
신이 내린 신의 한 수일까
수많은 기둥과 틈이 누운 부채골 화석
대자연의 힘 위대하고 경이롭다
마치 해국이 핀 것처럼 아름다운
동해의 꽃이라 불리우는 신비의 주상절리
부처님 말씀인 듯 연꽃이 피었다
얼마만큼을 비워야 신의 경지에 도달할까
단장된 파도 소리길 민들레 한가롭고
무엇이 저 바다를 뜨겁게 달구었는지
오각형 육각형 수직으로 용솟은 위력
생각과 생각이 연결된 책을 펼친 듯
신의 한 수를 보았다.

발에 관한 명상

말없이 참 고맙다
어떤 불평도 없이 예까지
다사다난한 한 세상 나는 맨발이었다

곰곰 울컥 고맙고 미안하다
단 한번 흔한 반항도 없었지
이 곳 저 곳 복잡한 뇌의 지시대로 움직였지
헛 발길에 헤매거나 투덜대지도 않던
타의로 생각은 번복을 합리화되기도 했지
육중한 생각에 삐걱이는 시련 감내했었다

이제나 실감하는 오늘이 고맙다
있어야할 곳인지를 편견 없이 설레이던 날
태초의 사계를 넘나들었지
무심코 뭉개버린 민들레꽃 잔상
명치끝에 통증으로 전해져 왔었지
무르익은 가을빛을 무례하게 밟을 수 없다
다짐의 시간 참 고맙다
한 일생을 쉼 없는 나는 맨발이다.

홀 씨
하 나 가
세 상 을
치켜든다

Part 2

봄날

한겨울 산고를 겪어낸
연두 싹들이 앞 다툼 하며 빛난다

산에는 자욱히 핀 진달래 무리
낮은 언덕 울타리 용감한 개나리꽃
한창 화사한 화장을 하고
겨울과 봄 사이 무던했던 삶
벗꽃은 바람에 흔들리며 유혹한다

내 젊음 같은 꽃들이여
애틋한 눈 편지를 쓴다
생각하고 생각할 수 있는 반복된 기우奇遇에
못내 이루지 못한 날의 생채기
안타깝게 밀려드는 가슴앓이
멀어져간 피 끓던 자화상에 피는 봄

4월 초입이 분주하다.

간현역에서

잠깐 아쉬웠다
강원도 원주시 폐역 된 기차역
기쁨도 슬픔도 흔쾌히 수용했다지
플랫폼에 수많은 사연 서성인다
내가 서성인다
수십 년 동안 하루를 비워 예까지
멈추어버린 시간 속에
깊은 골짝 산과 들 꽃이 핀다
저마다의 희망 봇짐을 메고
가슴 뜨거운 젊음은 빌딩숲
대도시로 큰 꿈 펼치러 떠났을 테지
또 다른 만남과 이별
문득 잠시 머물고 싶었다
동경했던 하늘 바람 산이 있었다
새로운 출발이 있었다.

원주에서

레일바이크를 탄다

먼 미지의 기억을 더듬듯

강원도 깊은 밀림처럼 산 속을

선인들이 뚫어 놓은 철로 향수가 배어있는

어제를 버리고

오늘 하루를 맡긴다

관광 명소로 박수갈채를 받을만하다

미니 객실에 몸을 싣고

몇 명씩 호흡에 페달을 밟는다

빠르게 밟으면 먼 산이 무심하고

느리게 밟으면 그 숲이 반겨주고

대자연 그대로가 여기 있었네

느리게 혹은 빠르게 레일 바퀴에서

지난날 숨찬 소리 멀어지는

폐부에 파고드는 산바람 숲이 된다.

분꽃이 핀다

동네 어귀마다 무리지어 핀 꽃
흔한 꽃이라 눈여겨 반기지 않았던
그땐 그랬지
안태 고향 거제도 황포국민학교 사택
교실 앞 화단에 한 아름씩 피었던
곱게 단장된 꽃밭 식구들
칸나 해바라기, 키 작은 채송화
맑은 해 뜨면 꽃 벙그는 소리
서쪽 해 노을 지면
겁쟁이처럼 얼굴 가린 나팔꽃
그땐 그랬지
진홍색 꽃 잎 속 수줍게 품은 검은 씨앗
이듬 해 꿈을 기약했던
여름 초입 반기지 않아도
내 소심함을 닮은
분꽃은 피고 있을게다.

전나무 숲길에서 1

푸른 가을이 빛난다
양갈래 도열한 키 큰 전나무 길
전생에 하늘 가까이 정직하게
10월이면 숭고한 열매 맺는
암꽃 수꽃 사이가 좋다
한평생 불사르고 간 고목
길게 누운 채 말이 없다
밑 둥지에 천생 닮은 염원 같은
새싹 튼 몇 그루 키 작은 전나무
못다 한 무엇 환생일 게다
길섶에 작은 돌탑
행자가 쌓은 간절함이 빛난다
달콤한 결실 푸른 가을이 빛난다.

전나무 숲길에서 2
– 만남

천년 전나무 숲길 따라
늘 걸림 없는 세상사에 해바라기 하는
사람들은 숲속 나무가 된다
숲 가까이 단풍 익어가는 소리
푸른 청량한 숨소리에
저마다의 숲을 간직하기에 바쁘다
저 멀리 귀 익은 속세의 노래
더 깊은 부처를 만나기 위하여
스님의 마이웨이 노래 보시는 해탈이다
만남과 이별 인연 따라
수많은 생명과 교감하는 숲속
천년을 고집한 빛 고운 가을의 숭고함
생강나무 꽃 참싸리 꽃 봄은 온다.

일출 1

- 예송리에서

밤새 해무는 지워지고 있다
가쁜 숨 달려온 땅 끝 바다에서
그 무엇을 기다린다
예송리 검은 갯돌 위로 사그락사그락
파도는 묵은 때를 씻어내듯 오간다
해안선 맞물린 산과 수평선 사이
무엇이 보란 듯 떠오른다
기다림은 헛되지 않았음을 증명하듯
우주의 이치를 체험하는 시간 경이롭다
바다에 속삭이듯 떠 있는 몇 척의 배
공들인 열매 월척을 꿈꿀게다
약속처럼 탄성을 토해내고 있다
수없이 돌아온 동쪽 깊숙한 곳 솟는 해
평온한 바다에 감염된 붉은 미소
그 열망 같은 불꽃 반짝인다.

일출 2

― 호미곶에서

출발은 좋았던
바다는 비에 젖어 물안개로 출렁인다
힘찬 의식적 기대는 무산되고
추적추적 비는 바람 따라 흔들리고 있다
손바닥을 치켜든 방파제 앞에서
하루가 흔들리고 있다
받쳐 든 손가락 사이로 우울한 빛이 흘러가고
비바람은 강도를 높이며 갈증을 더해간다
잿빛 바다만 눈에 담아야 하는 운세를
불평하기엔 눈앞에 펼쳐진 흐린 바다
새로운 무의식적 의미를 만들고 있었다
쉽게 놓지 못한 무거운 생각 애써 버리자
까실한 가을을 만나기 위해
예측하지 못한 오늘 맥없이 흔들리고
오랜만에 출렁이던 심장에 쉼표 하나 찍은
끝내 만나지 못한 붉은 결정체
바다는 그럴듯한 사유로 출렁인다.

보길도에 가다

전남 완도 땅 끝 마을 길은 없었다
유일한 소통의 길
수많은 꽃송이 같은 작은 섬에 호위 받으며
동천항 거대한 카페리 5호는 육지를 옮긴다
사람들은 가슴에 풍선 하나씩 달고 바다를 달린다
유년의 봄이 승선한 듯 감개무량 설레던
스스로를 끊임없이 구속하던 어제는 멀어지고
스크류에서 오늘의 흔적 남긴다
하늘의 인연에 정착한 고산 윤선도의 섬
세연정의 깨끗한 경관과 곡수당 낙서재
보물 같은 바다와 황토밭 삶의 터전
봄부터 겨울까지 제각기 바쁘다
먼 바다에서 꿈틀대는 붉은 그리움
유일한 소통의 길 되돌아
빼곡한 시간 파도와 사투하며 안녕을 빌었던
그 곳에 끝없는 도전을 탐색하고 있었다.

녹우당 은행나무

조선의 문신 해남 윤씨 고택
과거급제한 아들 같은 나무는 잘 생겼다
예나 오늘도 끝없는 자식 사랑
사계절 방랑객들 문턱을 넘나들어도
주인 잃은 사랑채 나무는 고요하다
비가 오면 푸른 잎 비처럼 내렸다는
올곧게 베푼 정신 풍요를 누렸으리라
무수한 세월 희로애락을 지켜왔을
빛바랜 초가 황토 담 장독대가 단아하다
고즈넉한 사랑채 죽담 아래
한적한 마당 중심 이룬 붉은 작약꽃
녹우당을 환하게 밝혀 비추네
사람들은 저마다의 고산을 만난 얼굴로
쓸쓸한 숙제를 안고 황급히 발길 돌리네.

증도에는 1

청자 빛 아침 바다에 반짝이는
작은 섬들의 포효
신안 증도 앞 바다에 점점이 박힌
고기잡이배는 섬처럼 정박하고 있었다
보물의 섬에서 해당화를 만났다
바다는 섬을 힐링 시키고 있었고
크고 작은 우리들 염원 같기도 한
신비의 섬 가득 서해안의 보고이다
짱뚱어 다리 아래 짱뚱어는 눈알만 굴리고
견우와 직녀가 만나는 오작교 보다 아름다운
큰 섬 작은 섬을 잇는 절경 장관이다
쉽게 손댈 수 없는 신의 한 수
빼어난 천혜의 자연을 행운처럼
수평선과 해안선이 맞물려 있었다
솔 숲길 꿈의 휴양지 엘도라도리조트
오늘 살아가는 이유일지도 모른다
하향길 짱뚱어탕은 맛깔났다.

증도에는 2

초가을 바닷바람은 서늘했다
신안 갯벌에 일몰이 들면
천일염을 고집하는 소금박물관 소금은
다이아몬드 보석보다 정교한 미네랄 덩어리
사람들 곁에 약방감초이다
좋은 햇살과 바람이 각도를 깎아놓았다
밀물과 썰물의 교류가 원만한 갯벌은
붉게 푸르게 더러는 하얀 칠면초 함초밭
광활한 대지에 활짝 피고 있었다
몸 속 찌꺼기 화를 배출 미용에도 좋다는
효능을 발휘 무병장수 희소식
사람과 자연이 빚어낸 생명의 꽃
짭조름한 꿈 사랑스럽게 핀 칠면초 군락
갯벌의 산삼 잠깐 피는 소문에 북적대는
가을 바다 바람에 자라는 함초
신안 바다의 불로초이다.

가을 비

추적추적 비는 근육을 풀고 맥없이
좁은 골목 가로등 불빛에 잘게 부서진다
몇 시간 전 탱탱한 햇살
사람들 욕망을 뜨겁게 달구어 놓더니
우산을 펼쳐 들기에는 애매한 우기
외면할 수 없는 네온사인 환하다
집으로 가는 발걸음 천근만근 무거운데
공허한 마음 씻어줄 소나기로 오던지
어찌 할 수 없는 우울한 그림자
좁은 골목을 미행하고 있다.

시문학파 기념관에서

– 영랑 김윤식 시인

1930년대 순수 서정시를 고집했던
시문학파 3인을 만난다
현대시의 모태로 불리우는 오늘이 뭉클하다
앞선 시혼詩魂에 동행하는 나는 친근하고 싶다
한 시대를 풍미했던 옹골진 맥을 형성한
그 님을 보았네
유년을 온실 화초처럼 학문과 부귀를 누렸다지
봄마다 꽃은 생가를 기웃거리고
그대 순수 닮은 모란을 간직하려 하네
아픈 젊음 절망을 조율했던 날
몸 속 순수성향 무수히 이글거린
못 다한 반쪽 사랑 꽃으로 불태워 승화시켰네
한 생애 짧게 점찍은
그대는 시혼을 불사른 찬란한 모란꽃이었네.

추억여행 1

– 폐교에 가다

꼭 한 번이라도 가고 싶던 곳

홀연히 생이 끝나기 전에

경남 거제 하청면 덕곡국민학교

아버지 정근 따라 입학식을 치른 곳

수양버들 가지 사이로 풍금 소리 들려오던

오십여 년 세월은 변화무쌍 했었지

고속버스는 붉은 향수 속으로 달린다

동행한 소녀는 무관심한 시중만 대충 든다

시내버스로 환승한 창 밖 풍경은 초록 들판

유년의 땅 기억을 일으킨다

연두색 페인트칠을 한 철재 교문

두툼한 쇠통으로 봉합 된 채

당당하게 1998년 폐교 된 알림장만 붙었다

분명, 넓은 운동장은 없고 웃자란 잡초만 무성한

교장 사택 언덕 예배당도 보이지 않는다

오래전 어릴 적 아버지는 보이지 않았다

연신 허무만 스마트폰에 저장한다.

추억여행 2

- 거가대교

꿈같은 거가대교를 달린다
문득, 몇 십 년을 모색 했었지
여객선 뱃길만 고집하던 옛길
아버지의 안태 고향 거제도 장목을 잇는 길
추억을 연결하며 달린다
육지는 단숨에 휴양의 바다로 달려가고
섬사람들 첨단화 시대를 꿈꾸며 온다
고달픈 둥지를 벗어나는
종종 거리던 세월은 발목을 잡았지
쉽지 않은 미로처럼 멀었다
단축된 짧은 교통수단 최고의 자랑
갈매기는 섬과 육지를 날고
어린 기억 속 봄날 유학의 길
하얗게 부서지는 파도는 타향을 만들었네
거대한 섬을 연결한 자존심
육중한 도시는 신명나게 달린다
세계 최장 해저터널 너와 나의 축제
아버지와 나의 고향 여름은 뜨거웠다.

Part 3

대숲에서

잠시 힐링을 하자
태화강 생태공원 대숲은 하늘을 향했다
빼곡히 제 자리를 지킨 올곧은 결심
세월 담은 대나무의 굵은 마디에는
한 생애 고결한 숭고함이었다
대숲에서 함부로 말하지 말자
바람 불면 댓잎만 사각일 뿐
간간이 어린 죽순 까치발로 서서
복잡다단한 세상과 소통할 기세다
댓잎 소리에 힐링 되어 보라
청정한 대나무는 하늘만 향한다
참다운 한 생애 마디마디 인내함이다.

삼척에서

삼척 봄 갯내음은 싱그럽다
수로부인과 해룡의 깊은 유래를 남긴
노인의 헌화로 전설이 된 언덕 헌화공원
삼척 바다에 봄이 술렁이고 있었다
햇살에 핀 노란 해국과 해송 꽃은 추억하듯
짭조름한 바람 유년의 풋풋함을 부른다
끝 간 데 없는 수평선 보이지 않는다
바다 숨결 따라 슬며시 부딪는 하얀 파도
빼어난 동해 시퍼런 바다에
해신당 해학적 웃음꽃이 피고 있었다.

9월의 초대

구월 끝자락의 아쉬움
만찬을 준비한 식탁 위에서 달랜다
가을 전어 회 초대는 한창 화기애애
자주 보면 더 많은 정 쌓인다고
가을 빛 구수한 바다를 한 상 가득 차린다
마음이 아름다운 몇 몇
싱싱하고 구수한 정성을 담고
덤으로 차린 웃음이 웃음을 만든다
손수 담근 매실주는 보너스다
텃밭의 상추 깻잎도 초대 받은 귀한 손님
소담스런 술잔 생긴 모양에
맛깔난 의미가 새겨지고
주인 신분으로 폼 나는 와인을 권하고
9월이 무르익는다
초대된 자들 오랜 동행을 자축하고

월정사에서 1

오대산 얼굴이 온통 붉다

붉은 산 중심에 자리한

가을 속으로 스며든 산사는 거대하다

산이 깊을수록

밤도 깊고 거대하다

우주의 섭리에 빠져들듯

일탈의 환희 속에 흘러들어

맑은 자연이 주는 시간에 빠져든다

오색 빛 품어내는 밤하늘

초승달 하나 선명하게 떴다

그대 뚜렷한 흔적 하나 남기고

유유히 사라진 자리 별이 총총하다

밤이 깊을수록 가을은 깊고

산이 깊을수록 바람도 따뜻하다

삶이 깊어질 때까지 온통 붉다.

월정사에서 2

– 새벽예불

달을 품은 절 새벽이 맑다

선명한 초승 달빛 밟으며

맑은 공기 번뇌를 깨우치듯

꼭 한번 실천되는 새벽예불

거대한 적광전 문수보살전에 간절함을 올린다

신 새벽 공기 가르는 목탁소리 청정하고

합장한 두 손 염원을 고해본다

법당은 엄숙하다

스님의 비워놓은 목탁소리가 엄숙하다

비움으로 광명 있음을 알면서도

달 같은 기도 올린다

오대산 절 마당 9층 석탑이 거대하다

달빛 따라 믿음도 거대하다.

골굴사에서

녹색 숲에 붉은 나무가 반짝인다
가파른 길 억센 숨소리로 마주한
산 능선에 가부좌 튼 절간
대웅전 앞마당은 빛바랜 나무마당 흙이 없다
오래전 선무도로 성불한 유명세를 떨쳤다지
가쁜 숨결 고르는 사이
수많은 숲 속 생명들 이별을 준비하고
돌벽 꼭대기에 좌상한 자비의 미소
마애불 부처는 지긋이 반신반의로 내려본다
헉헉대던 오늘이 부처 앞에 겸손하고
오랜 한숨 하늘 맞닿은 지붕에 얹고
중생의 업보 해탈을 손꼽으며
두 손 합장에 깊어지는 시간 산바람은 붉다
먼 길 둘러 공덕으로 깊어진다.

돌아오는 길섶 호박꽃이 홀로 따뜻하다.

발우공양 1

무엇을 버릴까요

무엇을 내 것으로 만들어 볼까요

아직 안심할 수 없는 세월

먼 어느 날 화려한 빈손으로 갈 것을

기림사 계곡을 씻어내리는 물소리

기웃거리던 지난날의 초상

그대가 만든 그릇에 한 톨도 쓸데없는

그대가 만든 그림자처럼 선명하게

섬뜩한 공허가 찾아들 때

마음 고요를 잡아주는 죽비소리

투명하게 마지막 씻은 마음

내려놓는다는 것

사랑한다는 것

대숲이 만든 바람

언제쯤 탐진치 비워볼까요.

서운암의 이팝나무

금강경 줄기 통도사를 낀 숲속
서운암 넓은 초록 뜰 보인다
스님의 오랜 손길 묻은
입구에 잘 삭은 된장 장독들 반듯하다
넓은 뜰 곳곳 이팝나무 하얗게 꽃 피었다
하얀 튀밥 같은 꽃가지마다
부처님의 지혜의 눈 하얀 꽃 피었다
꽃이 잘 피는 해는 풍년이 든다는
소문 같은 깨달음의 지혜를 통달하는
마음 깊은 꽃 영원한 사랑이라지
이팝나무 아래 불심 비추는 금낭화
세간을 넘어 선 법보시의 자비일까
중생의 마음 양식 같은 꽃 야물게 핀
청정한 자연이 낳은 애초의 맑은 법문
산 숲에 성불 이루는 소리
청렴한 결백 같은 쌀밥 꽃이 피었다.

월출산 도갑사

남도의 소금강인 남쪽 끝자락

템플스테이 꿈을 향한 기도 도량

행복 충전 기氣를 찾아서

일주문에 옛 일 수 없는 오늘이다

천겁이 지나고 만세가 흘러도 언제나 지금이다

천년의 향기 고승 참다운 이치를

깨달음은 비움과 상생으로 거듭나고 있었다

오솔길 따라 오색 단풍 따라

나를 찾아서 뚜벅 뚜벅 걸어가면

넓은 흙 마당 한켠 오아시스 같은 산수山水

손 씻고 입을 헹구고

물 한 모금 깊이 마신다

어찌하여 청청한 하늘 아래 나를 찾을까

온갖 물음만 남기고 돌아왔어라.

강천산의 풍경

소풍 가는 아이처럼 버스는 왁자지껄
몇은 크게 동요하지 않는 듯
창 밖 메타쉐콰이어만 뚫어지게 응시한
무거운 근심 같은 것
달리는 버스 뒤로 흩어진다
지천으로 불붙은 단풍 행렬
넓은 계곡 가뭄의 흔적 보였다
돌 이정표 따라
빠알간 굿판이 벌어졌다
먼지가 폴폴 날리는 옛길
넓은 계곡 수직으로 꽂히는 폭포수
우리네 얽힌 매듭 통쾌하게 풀어줄런지
양갈래 뻗은 나무그늘 걸으면
감천사 오층석탑이 있었다
한켠에 큰 감나무 아직 해탈하지 못한
업보가 올망졸망 마지막 포교를 기다리고
가지 많은 소나무 아래 돌탑들의 기도 소리
삶이 단풍처럼 붉어진다.

만어사의 전설

삼량진 어산불영 경석輕石이 놀랍다
절 앞 거대하게 펼쳐진 돌터널 계곡
왕자의 뒤를 따르던 수많은 고기떼
빼곡히 돌 되어 충정으로 굳었는가
부처님 설법에 깨달음 얻은 물고기 떼
속세를 비웃 듯 세인의 안녕을 빌고 있다
미륵전 아래 첩첩이 깔려있는 민심
까맣게 타버린 중생의 심정 헤아릴까
두드리면 종처럼 맑은 쇳소리 신비롭고
끝없는 가르침 결실의 돌꽃 경이롭다.

봉정사 가는 길

안동 천등산 봉정사를 간다
청정 숲길에도 봄이 피고 있었다
조금 가파른 자연의 길 따라 핀 클로버 군락
조심스레 들여다본 행운의 네잎클로버
순간 한 가지 기도 심력에 다섯 그루 찾는 기쁨
그래 이것이다 올 것이 감사하다
높은 산 끝자락 부처의 기도도량
퇴색한 목조 법당은 오랜 역사를 알린다
절 아래 연밭 뿌리는 꽃피울 채비로 한창이다
"연꽃은 진흙탕에서 피어도 진흙에 젖는 법이 없다"*
수많은 무엇을 기도했을 인연의 법당
말없이 돌아오는 길
걸음을 재촉하고 있었다.

* 연의 향연– 스님의 좋은 글귀를 인용함.

양귀비꽃

초여름이 떠들썩하다
유독 시선을 사로잡는 꽃 단지
옛날 마약의 독성 있는 꽃은 뽑혀나간
진통제로 쓰이기도 했다는 꽃
요즘은 원예용 개발로 인기절정이다
연분홍 진주황 아이보리 빨간색
장관 이룬 덧없는 사랑
처음 만난 금시초문의 얼굴들
꽃 앞에서 꽃처럼 서서 렌즈에 담는다
한 그루에 한 송이씩 요염한 꽃
그 옛날 현종의 후궁이 양귀비라 했다지
꽃잎은 새색시 여린 볼 같고
부드러운 마음 하늘을 치켜든 자아
가늘은 꽃대는 이듬해도 꿋꿋하다.

비긴어게인 2 / 버스킹을 보며

- 2018 포르투갈

TV에서 노래하는 버스킹을 본다
세 번째 버스킹 나라는 포르투갈
첫 번째는 그저 그랬던

이번 멤버들 평소 응원하던 가수들이다
포르투갈 첫날 공연은
박정현의 노래 "꿈에"로 시작한다
몇 곡은 관객을 위한 귀 익은 곡으로
이수현의 청아한 목소리 헨리와 듀엣의 노래
하림은 아코디언 악기를 연주하고
피아노 선율과 어울리는 감미로운 음색
감성미 물씬 풍기는 노래 속에 빠져든 사람들
곡이 끝날 때마다 박수와 춤 화답한다

낯선 곳 낯선 사람들 감동하는 음원
음악 하나가 만병통치약처럼
세상 사람들을 노래 하나로 치유하는
마법 같은 초능력 가진 마법사들이다
먼 곳 작은 해변가 배경한 무대

사람들은 노을 지는 낭만보다 음악에 취하고

3일차 버스킹은 바이샤 시아뚜 지하철역
얼굴색 언어 풍습이 다른 사람들
바쁜 움직임 멈추고 공연에 합세한다
솔로 또는 듀엣 열창하는 주인공들
헨리는 바이올린 연주가 품격 높다
음악 하나가 세계를 아우르는 통역사처럼
글로벌시대 음악의 소통 공유하는
앙코르곡 합창은 서로의 아쉬움을 달랜다.

비긴어게인 2 / 2018 버스킹을 보다

1. 다뉴브강 강가 버스킹

TV화면 속에 강물은 유유히 슬프다
아픈 역사의 현장 다뉴브 강 강가에
영문 모른 나치의 무차별 총살에 쓰려져간
어느 집 누군가의 어머니 아버지 아들딸들
주인 잃은 신발 강가에 길게 기도하고 있었다
이수현의 "한숨" 박정현의 "좋은 나라"노래는
영혼을 천국 속으로 인도하고 있다
애잔한 선율은 아픈 역사를 수놓았고
경의를 표하는 동시대와 후세대 슬픈 기억
음악의 힘 위대하다
둥근 지구 하나에 심금을 울리는 순간
하림의 "연어의 노래" 위로 곡을 바치고 있다
마지막 박정현 "Angel" 노래 정적을 울린다.

2. 헝가리 부다페스트 버스킹

부다페스트 시민공원 카메라가 밀착된다
추운 겨울을 대변하듯 입김이 힘세다
흰 눈이 하얗게 대지를 덮었고
잔설 위로 키 작은 빨간 꽃들 초록 잎 핀
공원 중앙에 안익태 작곡가 흉상 있었다
먼 나라 렌즈에 잡혀 하얀 공원이 빛난다

문득, 나는 누구인가 무엇을 하고 있는가
정체성 잃은 알 수 없는 시간은 흐른다
그 곳에 가지 못한 나는 다행이다
고요한 호수 정원 온천 분수대 한가로운
비둘기는 아직도 평화를 상징하며 비행하고
빛나는 시민공원 동상을 배경한 공연
"Amazing Grace" "걱정말아요 그대"
열창하는 곱디 곱은 그대가 애국자이다
TV속 먼 나라 창공을 가르는 훌륭한 삶
덩달아 울컥하며 화면은 흐려지고
뜨겁게 숙연해지는 버스킹을 보았다.

씨 홀
가 하
을 세 상
치켜든다 하나가

Part 4

모노레일을 타다

부산역 지하철에서
도보로 오른쪽 방향이 인도하는 길 따라
오래된 절 소림사가 자리 잡고 있다
평화로운 다문화거리 산복도로
초행인 꼬불꼬불 목적의 길
사람 사는 거리에 사람은 보이지 않는다
이른 아침부터 윤택한 삶 위해
행복지수 높이는 모노레일을 탔을 것이다
몇은 애환 서린 무심한 눈빛을 보내고
좁은 공간 무임승차 복을 누린다
눈 아래 빼곡한 빌딩 숲
완행열차 같은 인생의 길
당당한 오늘 이성은
미래를 가로질러 급행하고 있다.

바위취꽃

참 잘 견디었구나
자연에서 분양된 이후
긴 겨울 방치한 화분 속에서
왜소한 모습 더욱 치열하게 투쟁했을 테지
찬바람에도 끄떡없더니
봄빛에 튼실한 잎 영역을 넓혔구나
밑 둥에 은밀히 저장된 자양분
하얀 연분홍 꽃 쫑긋 세워 사랑 피웠구나
간절함의 자태
몇 해 거듭 안쓰러웠던
생존 걱정에 대차게 대처해온
여름 초입 지난 날 경청하는구나.

감꽃이 필 때

5월 하순경 감꽃을 솎는다
야문 열매 맺을 통과의례이다
다닥다닥 하얀 네 잎 꽃
냉정한 손끝에서 생을 마감해야만 하는
감나무 주인은 정통 방식을 고수한다
꽃 피면 그 자리를 밀고 감이 생기는 순리
당도 높고 결 고운 매끈한 몸매
고가의 특혜를 받으려면
부단한 노력이 필요하다
한 가지 한 개 씩 영양분을 독차지 한다
곁가지를 점령한 몇 송이 꽃들
어찌 할 수 없는 몸살로 떨어진다
봄부터 충실한 임무를 다 하는
감이 생기면 욕심 없는 꽃을 밀어내는
옆집 감나무 올해도 월담을 한 채
미련 없이 꽃이 떨어진다.

우엉차

미루었던 우엉을 샀다
구하기 쉬운 우엉 몇 천원에
잘게 깍뚝 썰어 가을 햇살에 말리고
볶아서 또 말린 오랜 행복
온갖 시름 달음박질로 날아가고
가을에서 내내 차 같은 물 마신다
다기의 우아함은 아니어도
탈모에 좋다는 생각하며
고혈압에 좋다는 기대하며
세상사 고열로 가슴 아픈 날 있어도
구수한 물맛 마음 다스린다
흙에 올곧게 뿌리내린 과묵한 결정체
우엉차 맛에 매혹당한
생애 어떤 과중한 일 있어도
구수하고 달큰하게 쉬어가 볼 일이다.

봄이 오면 1
– 고향

개나리꽃 다정히 흐드러진 날
그 곳에 가리라
폭설 녹은 작은 개울가 물소리 그리운
버들강아지 눈 뜨는 날
뒷동산 진달래 꽃 꺾어 먹던
그 곳에 가리라

양지 바른 언덕 삘기 뽑아 먹던 날
유년의 동무는 어디에서 그리워할까
흐린 날 수직으로 떨어지는 빗줄기
거부하지 않거나 막을 수 없다
원색의 낡은 외투를 적셔 와도
그 곳에 머물고 싶어라.

봄이 오면 2

– 온천천

온통 연분홍이다가
연두빛 물결친다
눈 시리도록 설레는 봄이 오면
추웠던 겨울 날 투박한 발걸음
미흡했던 우리들 일상 보상 하듯
사람들은 무한리필 푸른 공기를 마신다
간간 꽃샘추위가 위협하는 날 와도
쉽게 포기하지 않는 연두순 꽃잎들
웅장한 오케스트라 지휘라도 하듯
봄바람 결 따라 나무는 물결친다
길섶에 또 다른 봄이 피고
봄 날 새 신부 부케를 든 듯
조팝나무 하얗게 순결을 고백 한다
수줍게 떨고 있는 연두 잎새
찰나를 기다린 사람들 기립박수를 보내고
또 다시 그 봄을 기다릴테다.

장호항의 노을

삼국유사에 삼척 수로부인 해가 전설이
진작, 헌화가 언덕은 비탈진 장호항 이라고
언덕 위에 장관의 호텔 건설을 꿈꾼다고
그라시아리조트 여주인장은 힘차게 말한다

산마루를 넘어가는 붉은 노을
노을이 주변을 붉게 물들이는 것은
아쉬움 많은 오늘
주변이 노을보다 맑은 정열의 바다 같아서
붉게 물들여지고 있을 것이다
간절하다, 눈물겹게 아름답다
한결같이 풍경 같은 사람들
자연은 연출하는 연기자처럼
큰 포부를 자리매김하는 당찬 목소리
그 속에 깊숙이 동행하는 바다 사람들
규모 작은 포구에 노을이 얼비친다.

미역국

쉰다섯 번째 출생을 자축하는 아침
하루 전 나물 몇 가지와 찰밥을 해놓고
일찍 깬 아침 미역국 조기 몇 마리 구워
그 어떤 날보다 따뜻한 밥
오랜만의 행복한 나이를 먹는다

더운 날 태생 탓에 더위는 지긋하다
큰 별 하나 축하 메시지로 내려와
밤하늘 별처럼 빛난 창작 부추기는
코끝에 가슴 뜨거운 감격이 뚝 뚝
버리고 내려놓은 오늘 굳세게 서 있다.

소리 없이 1

둥근 붉은 것
    동쪽 산 뒤에서 떠오른다

둥근 붉은 것
    동해 수평선 속에서 떠오른다

둥근 붉은 것
    동쪽 바다에 힘찬 불기둥 세워 놓았다.

소리 없이 2

어느 봄날 언제인가
뽀얀 목련꽃 다소곳 피어 만발하다
어느 봄날 벌써
비단결 목련꽃잎 무더기로 떨어져 잔혹하다

오늘 쯤 벚꽃은
가지마다 빼곡히 앙증맞은 미소 머금어 탱글하다
모레 쯤 벚꽃은
보란 듯 연분홍 꽃 화들짝 만개할 것이다

어느 봄날 어느새
그 꽃들 꽃 진 자리
새 생명 초록 잎들 부활하고 있었다.

소리없이 3

    – 고 박성웅 시인

무르익은 봄꽃들 화려하다

4월 어느 날 꽃 한 송이 낙화했다는
D시인이 알려준 부고는 하루 만에 사라졌다
오직 문학이 삶이요 벗인
경남 고성에 정착한 지 수 해를
K시인을 통해 듣던 전원생활
몇 일전 안부를 물어봤다던 K시인은
갑작스런 비보에 점심도 다 먹지 못한 채
아무 도움도 되지 못한 내게도
잊지 않고 근황 시집을 보내주었지
욕심 없는 마음 좋은 변방의 시인
자급자족 진정한 맑은 영혼의 꽃 사라진
유일하게 글을 쓴다는 것
공복에 커피 한 잔 행복 누린다는 것
오빠의 주검을 정리한 후 하산한다는
하루 만에 종식된 낙화 소식

세상에 크게 내보내지 않았다.

오랜 동행

    - J시인

여름 초입 기다림을 반증하듯
비는 잠시 소강된 하루 천운의 몸짓들
경쾌한 발자국 소리 꿈꾸었을 게다
힘든 결정 때론 험난한 수장의 길
그의 옆에 우산을 든 그리움 같은
몇은 막중한 책임 수행 그림자로 있다지
그는 세 살 이후부터 우산을 들 수 없었다지
비가 오면 우산을 쓸 수가 없다던
궁상맞은 비가 오던 어렵게 말문 튼
둥글게 앉은 여럿은 술잔을 비우고
비 같은 비애 잔에 담고 또 비웠을 게다
가슴 시린 변명 같은 현실에 공감하는
단비 같은 깊은 인정 주위 베푸는
소소한 삶 읽어주는 해맑은 소년의 미소
어느 날 새가 되고 싶었다지
이슬 맺힌 초록 소나무가 무성하다.

오랜 동행

– K시인

겨울 숲은 따뜻했다
어떤 지난 날 우연히
여여선원 원주실 봉사하던 구면인듯
선한 얼굴 말끔한 법복의 첫 인상
십 수 년의 그 정갈한 모습 생생하다
고요한 숲에서 고요를 지키는 그녀
평범하지 않은 불같은 굴레에서 침잠하는
소리 없는 함박웃음이 매력이다
오래 전 수줍음 속에 단단한 내공 깃든
봉사하던 시절 내 사소한 느림도 헤아리던
시방 세월도 묵언의 과하지 않는 소박함
말하지 표출하지 않아도
사계를 알고 있는 맛깔난 봄나물이다
새치머리 단정히 핀에 묶은 한결같은
불심 깊은 맑은 향기 간직한 동행
그 겨울 숲을 그리워할게다.

이효석 문화마을에서

– 메밀꽃이 피었다

강원도 봉평 메밀꽃 개화하면
달콤한 사랑의 결실 꿀벌을 부른다
우리들은 꿀벌보다 아린 꿀이 된다
하얀 꽃 피면 겨울이 오는 징조다
보드라운 메밀의 질감
누구도 알아주지 않는
묵묵히 제 몫을 다하는 밀원이 된
그는 이승을 떠났어도
장터엔 아직도 국수 전병 막걸리로 즐겁다
옛 장날의 백미는 부침개
반질한 무쇠 솥 뚜껑에서 메밀꽃이 핀다
넓은 들녘 수 만송이 톡톡 터지면
우리들은 오랜 연인 같은 꽃이 되었다.

다산 정약용을 찾아서

전남 강진군 도암면 다산로
큰 업적 기념하는 곳곳에 흔적이 있다
4세 때 천자문을 배웠다지
10세에 자작 시집을 낸 총명을 과시했다지
강진에서 유배생활 매일을
끝없는 학문과 저술로 승화시켰다지
다산초당 마지막 유배지
직접 솔방울 불 지펴 차를 끓여 낸
다조에서 깊은 시름에 마음 다스렸다지
약천 연가석가산 그대로 숨 쉬고 있었다
고향 여유당집 뒷산 육신은 묻히고
그대 명성은 산새소리 물소리로 퍼진다.

남사 예담촌에는

산청 지리산 아래
한국의 가장 아름다운 마을
가을 날 노을 같은 날
황토 담에 붉게 물든 담쟁이덩굴
겨울 오면 잎들 하나 둘 흩어져
줄기만 앙상하게 남을 것이 뻔하다
높은 돌담 아래 오롯이 핀 새빨간
맨드라미는 무슨 벼슬인양 닭 벼슬 닮은
사계가 아름다운 하늘 오늘은
노란 은행나무 도배하고 있다
약간의 시간 지나면 새순 돋을
봄에 초록으로 포장될 담쟁이덩굴
희망을 품고 있는지 모르겠다
행복을 믿고 있을 것이다
대궐 같은 양반집 기와돌담길
회화나무는 마음 다스리는 선비나무라 한다.

해설

봄의 충일성과 달관의 삶
— 김명옥 시의 의미

김경복
(문학평론가, 경남대 교수)

봄의 충일성과 달관의 삶

−김명옥 시의 의미

김 경 복
(문학평론가, 경남대 교수)

시의 비의秘義와 비일상성

시가 가치 있는 까닭은 시를 보는 순간 시를 둘러싼 모든 것들이 일상에서 비일상으로 변해가기 때문이다. 시는 쓰는 사람이나 읽는 사람 모두에게 무미건조한 일상성을 벗어나 어떤 의미로 가득 찬 충일성의 세계로 진입하게 한다. 시는 그런 점에서 현실을 넘어 신성성의 세계로 우리를 이끄는 문이다. 신비함으로 요요하게 빛나는 환상의 문! 때문에 시의 맛을 본 사람은 시가 주는 흡인력에 벗어나지 못해 시를 쓰고, 시를 읽으며 한 생을 산다. 시마詩魔에 붙잡혀 한 생애를 사는 사람은 세속의 부귀나 명예에 별로 연연하지 않는다.

이 점은 고려 때의 시성詩聖이라 할 수 있는 이규보가「구시마문驅詩魔文」에서 "네가 오고부터 모든 일이 기구하기만 하다.

흐릿하게 잊어버리고 멍청하게 바보가 되며, 주림과 목마름이 몸에 닥치는 줄도 모르고, 추위와 더위가 몸에 파고드는 줄도 깨닫지 못하며, 계집종이 게으름을 부려도 꾸중할 줄 모르고 사내종이 미련스러운 짓을 하더라도 타이를 줄 모르며, 동산에 잡초가 우거져도 깎아낼 줄 모르고, 집이 쓰러져가도 고칠 줄을 모른다. 재산이 많고 벼슬이 높은 삶을 업수이보며, 방자하고 거만하게 언성을 높여 겸손치 못하며, 면박하여 남의 비위를 맞추지 못하며, 여색에게 쉬이 혹하며, 술을 만나면 행동이 더욱 거칠어지니, 이것이 다 네가 그렇게 시킨 것이다."라고 탄식하고 있는 글을 보아서도 알 수 있다. 이 글에서 너는 '시마'로 바로 시를 쓰지 않고는 못 배기게 하는 충동을 가리키는데, 이 글은 사실 그 표현을 통해 볼 때 표면적으로는 시마를 나무라는 듯한 어조지만 전체 맥락으로 보면 자신의 시작 행위와 그 충동을 자랑하기 위한 반어적 엄살을 드러낸 것이다. 이렇게 시를 쓸 수 있는 것이 "재산이 많고 벼슬이 높은 삶을 업수이보며" 살 수 있게 하는 원동력이 된다는 말이다. 결국 시마를 내쫓기 위해 이 글을 쓰고 있는 양 하지만 실상 이 글은 '시마'를 불러들여 시를 쓰는 것이 얼마나 위대하고 지고한 것인가를 알리고자 하는 역설인 셈이다.

그렇다면 모든 시가 다 그런 것일까? 그렇지는 않을 것이다. 가치 있는 시는 일상의 삭막함을 되돌아보게 하고, 그것을 넘어서 진정한 가치의 세계가 어디에 있는지를 계시하고, 이를 위해 현존하는 나는 어떻게 살아야 할지를 모색하게끔 하는 시라 할 수 있다. 삭막한 일상성에 의해 각질화된 우리의 영혼을 흔들어 경악의 심정으로 나 살아있음을 체득하게 하면서, 진정한 세계의 광휘를 받아들이게끔 하는 시가 참된 시일 것이다. 이규보가 언급한 많은 재산이나 높은 벼슬도 대수롭지 않게 여길 만한 가치의 세계를 제시하는 시가 바로 그런 시일 것이다. 시인 김명옥의 이번 제4시집에 실려 있는 다음과 같은 작품이 바로 그런 시가 아닐까?

> 겨울 바다는 잠잠하다
> 새해 벽두 봄을 재촉하는 겨울 비
> 수평선에서 너울너울 춤춘다
> 쳇바퀴 돌듯 질곡 같은 현실을 털어내고
> 무거운 눈꺼풀을 부릅뜨고
> 하루를 잊기 위한 생각을 일으킨다
> 화려한 외출은 당당하다
> 이유 있는 설렘은 풍성하다
> 눅눅한 생의 습도 소금처럼 말려놓고
> 저기압이던 겨울 바다는 뜨겁다
> 지구 끝에서 광안리 바다에도
> 오늘이 사금파리처럼 과거를 만들고
> 약속처럼 수평선이 뜨겁다.

– 「흐린 날의 오후」 전문

이 시는 시적 화자가 앞에서 언급하던 비루한 일상성을 떨쳐버리고 진정한 가치를 찾아 나선다는 점에서 참된 시적 특성을 갖추고 있다고 할 수 있다. 시적 화자는 "쳇바퀴 돌듯 질곡 같은 현실을 털어내고", 잠들어가기만 하는 영혼의 "무거운 눈꺼풀을 부릅뜨고", 진정한 가치를 찾기 위해 일상적 현실을 탈출한다. 그 탈출의 양상은 "화려한 외출"로도 나타나고, "이유 있는 설렘"으로도 나타난다. 그 결과 "눅눅한 생의 습도 소금처럼 말려놓고" 진정한 가치의 세계라 할 수 있는 "저기압이던 겨울 바다는 뜨겁다"의 새로운 현상, 즉 새로운 진실을 목도하게 된다. 이 "겨울 바다는 뜨겁다"의 놀라운 감각, 아니 통찰은 무의미한 일상성을 벗어나려 발버둥친 자에게만 허용된 발견이자 깨달음이다.

그리하여 그 연장선상에서 "오늘이 사금파리처럼 과거를 만들고/ 약속처럼 수평선이 뜨겁다."는 놀라운, 참으로 놀라운 시적 언명은 일상적 논리로는 도저히 그 깊이와 의미를 알 수 없는 비의秘義를 남긴다. 시가 시다워지는 시점은 어떤 시 구절이나 이미지가 일상적 논리로 다 풀리지 못하고 신비로 남을 때다. 이 시에서는 '오늘이 사금파리처럼 과거를 만들고'에서 일차적으로 발생하고, 이차적으로 '약속처럼 수평선이 뜨겁다'에서 발생한다. 오늘이 사금파리처럼 만든 과거는 무슨 뜻이지, 오늘이 뭘 만들 수 있는 생명인가? 약속대로 수평선이 뜨거워졌다는 것일까, 그리고 수평선이 뜨겁다는 것은 어떤 경험이지? 이 부분에 와서 해석은 녹록치 않은 미지의 여운을 남긴다. 직유와 존재론적 은유가 뒤섞인 데다 일상적 감각으로 경험할 수 없는 현상을 제시함으로써 우리들의 상상과 이해의 폭을 넘어선다. 정말 이 구절들의 뜻은 무엇일까? 궁금하지 않을 수 없다.

　이 지점쯤에서 납득할 만한 해석을 못 찾는다 해서 실망할
것은 아니다. 아무도 이 구절들이 갖는 정확한 뜻을 해명할
수 없기 때문이다. 다만 놀라움, 놀라움 다음에 어떤 숙연함
이나 비장감 같은 것을 느끼게 된다는 점만은 틀림없을 것 같
다. 해석이 그 본질에 이르지 않아도 이와 같은 공감만 갖게
되더라도 이 시는 성공한 것이 아닐까? 우리로 하여금 숙연
하게 함으로써 생을, 혹은 시를 만만하게 보는 오만을 어느
정도 꺾어놓으니 말이다. 시의 위의威儀는 바로 여기에 있다.

　나의 해석이 시인의 의도에 꼭 부합되지 않더라도 내 나름
의 배경적 경험과 지식을 살려 시적 의미를 추출하면 그 뜻은
다음과 같다. 우선 "오늘이 사금파리처럼 과거를 만들고"는
앞에서 언급해 오던 '시적 화자의 일상으로부터의 탈출'이 어
느 정도 성공했음을 전제한 상태에서 나오는 언명이란 점을
중시해 해석할 필요가 있다. 그렇게 본다면 이 구절은 자신이
추구하는 진정한 세계의 한 모습을 표현한 것으로 볼 수 있
다. 곧 진정한 세계 속에 진입함으로써 어떤 깨달음을 얻은
시적 화자에게 '오늘'은 종전과 같은 무의미하고 무료한 하루
로서 오늘이 아니고, '사금파리'처럼 반짝이며 아름다운 한 때
의 시간으로서의 오늘, 즉 '과거'로 남게 될 것이란 의미다. 여
기서 일단 '사금파리'는 반짝이는 보석 정도로 아름답고 고귀
한 사물로 보아야 함을 전제한다. 사금파리는 과거 어린 여자
아이들에게 예쁘고 귀한 장난감이었음을 염두에 둘 때 이러

한 해석은 지나친 것은 아니다. 그렇게 볼 때 사금파리처럼 예쁘고 고귀한 특성으로 존재하게 되는 오늘은 특별한 하루, 즉 의미로 충만한 하루로 남게 될 것이란 의미가 된 다. '일상의 비일상화'의 내용인 셈이다.

거기에 '오늘'을 과거를 '만드는' 어떤 행위주체로의 비유는 수사학적으로 사물을 생명체의 특성에 빗대어 그 의미를 풍성하게 만드는 존재론적 은유에 해당하는 것으로서, 이는 그 대상에 대한 놀라움이나 새로운 관점의 의미를 불어넣기 위해 쓰는 수사법이다. 그 점을 고려하여 살핀다면 오늘이 사금파리처럼 빛나는 과거를 만든다는 것은 그 의미 상 오늘이 결코 범속한 일상 속에 묻혀 들어가 사라질 시간이 아니라, 시간을 초월해 의미 있고 광휘에 찬 하루가 됨을 말하고자 한다고 볼 수 있다. 그 점은 무형적이고 무생물인 '오늘'을 인간이 영성을 가짐으로써 가치 있는 존재로 받아지듯이 그와 같은 영적 존재의 차원으로 끌어올려 새로운 가치를 부여하기 위한 전략에서 이루어진 기법으로 볼 수 있는 것이다. 즉 이 구절에서 시인은 깨달은 자에게 '오늘'은 절대 사라지지 않고 영롱하게 빛을 내는 시간으로, 시간을 초월하는 '영원한 현재'로 남을 것이란 묵시적 메시지를 전한다고 볼 수 있다.

그러한 해석에 비추어 "약속처럼 수평선이 뜨겁다."의 의미도 추측해 볼 수 있다. 이 구절은 우선 '수평선이 뜨거워'지는 상황이 무슨 의미인지를 생각해볼 필요가 있다. 수평선은 저 멀리 보이는 대상이다. 앞의 '겨울바다'와 맥락상 뜻이 같다.

사실 이 구절은 "겨울바다가 뜨겁다"와 같은 선상에서 해명되어야 할 부분이다. 두 구절은 모두 인간의 육체적 감각으로서는 경험될 수 없는 현상을 기술하고 있다. 겨울바다가 뜨거울리 없고, 수평선에 나가 그 뜨거움을 맛볼 수 없다. 이는 모두상상적 감각으로서의 뜨거움의 표현인데, 그것은 앞서 이야기했던 일상적 현실을 탈출한 시적 화자의 경험이란 점에서새로운 깨달음의 감각이자 그로 인한 생의 활기에 대한 감각이다. 즉 영혼의 충일성에서 얻게 되는 감각을 '겨울바다의 뜨거움', '수평선의 뜨거움'으로 표현하고 있다고 볼 수 있는 것이다. 이 뜨거움은 탈출의 고뇌와 번민을 경험하지 않은 사람에게는 주어지지 않는 감각이다. 탈출의 고통과 열망 끝에 이시의 시적 화자는 놀랍게도 자신의 깨달음의 감각을 사물에투사해낸다. 처음에 겨울바다에 투사했다가 점점 그 영적 깨달음의 차원이 성숙해 감에 따라 경계가 올라가는 수평선을등장해 그 뜨거움을 표현하고 있는 것이다.

그런데 그것이 그렇다고 할 때 '약속처럼'은 무슨 의미일까? 앞의 '오늘'이 그렇게 신비롭고 아름다운 한 때로 남게 된다는해석을 받아들이고, " ~ 과거를 만들고"라는 표현에서 '~고'가 대등적 연결어미로 앞의 구절과 뒤의 구절이 의미 상 대등하다는 것을 또한 전제로 할 때, 이 구절 역시 신비로운 경험의 출현에 따른 놀라움과 감동을 드러낸 것으로 볼 수 있다. 다만 '약속'이 '반드시 지켜져야 할 것'이란 내포적 의미를 가지고 있음을 고려할 때, 내게 일어나고 있고 일어나야 할 신성의 경험이 이후 지속되기를, 즉 반드시 지켜져야 할 약속으로 계속되기를 염원하는 의지가 그와 같은 시어를 불러들인 것이 아닌가 하고 추측해 볼 수 있다. 이것들은 결국 무의미한 일상에서 벗어난 시적 화자가 영적 깨어남이나 깨달음에 접신되어 진정한 세계에 영원히 있고 싶다는 간절함의 표현으로 읽힌다. 그 점에서 시인 김명옥이 그리고 있는 시적 세계와 인식의 깊이는 놀랄 만한 데가 있다.

봄의 충일성과 꽃의 미학

이러한 무의미한 일상으로부터 벗어나 참된 성스러움의 세계로 나아가고자 함은 모든 존재들의 본능적 갈구 행위다. 그것은 자신이 유한하고 불완전한 존재임을 깨닫고 보다 완전한 존재가 되기를 꿈꾸는 데서 비롯된다. 이러한 갈망을 문학은 하나의 원형적 모티프로 오랫동안 제시해왔다. 김명옥의 이번 시집의 대체적인 내용도 이와 같은 내용을 담고 있다. 특히 봄과 꽃의 이미지는 이런 주제를 담아내면서 시적 화자에게 절실한 이미지로 전개되고 있어 눈길을 끈다. 봄의 충일성을 보여주는 다음 두 편의 시가 바로 그런 경우가 아닐까.

어떤 봄날
겨울 동백꽃 끝자락 피고 지는
미지의 시간은 아름답다

나무 벤치에 발레 하듯 툭툭 떨어진
분홍 빨강 하얀 자유를 부르는 춤사위
날자 날자
텃밭에 소중한 생명의 속삭임
오랜 시간 뿌리에 품었던 꿈들
톡톡 잠든 흙을 깨운다
끝없는 도전을 재촉하는 비와 바람 햇살
싱그러운 푸른 색소들의 반란
침묵하던 사랑의 온기
자연의 법칙에 순응하는
홀씨 하나가 세상을 치켜든다.

— 「봄을 캐다」 전문

개나리꽃 다정히 흐드러진 날
그 곳에 가리라
폭설 녹은 작은 개울가 물소리 그리운
버들강아지 눈 뜨는 날
뒷동산 진달래 꽃 꺾어 먹던
그 곳에 가리라

양지 바른 언덕 삘기 뽑아 먹던 날
유년의 동무는 어디에서 그리워할까
흐린 날 수직으로 떨어지는 빗줄기
거부하지 않거나 막을 수 없다
원색의 낡은 외투를 적셔 와도
그 곳에 머물고 싶어라.

— 「봄이 오면 1-고향」 전문

이 두 편의 시는 읽어보면 무엇을 말하는지 금방 알 수 있다. '봄'이 주는 생명의 활기와 그 활기가 충만했던 시절에 대한 그리움이 나타나 있다. 이는 어떻게 보면 일반적이고 단순한 시적 진술로 보이지만, 앞의 시에서 보았던 것처럼 일상의 무미건조함에서 빠져나오려고 발버둥을 치는 화자에게 겨울 끝에 돌아오는 '봄'의 형상성은 단순한 것이 아니다. 그렇지만 이 시들은 그렇게 어렵게 느껴지지 않는다. 사실 김명옥 시인의 시는 대체로 쉽게 읽혀지는 편이다. 꾸미고 비틀어 무엇을 애써 감추려하거나 자신의 감성과 인식을 현학적으로 표현하려고 하지 않는다. 시의 담백함과 조촐함이 어떻게 보면 김명옥 시의 맛과 멋이다. 그러나 그 담백함과 조촐함이 상당한 정신적 갈등의 드라마를 겪은 뒤에 나온 정제된 것이라면, 그 고뇌의 시간과 부피를 감안해 그 담백을 읽어주는 것이 온당한 도리다. 시를 읽는 것도 시를 쓰는 것 못지않게 열성과 관심을 기울일 필요가 있다는 뜻이다.

그렇게 볼 때 「봄을 캐다」의 시 구절은 의미심장해진다. 우선 제목인 '봄을 캐다'의 표현법도 앞서 언급했던 존재론적 은유의 기법을 부려 봄을 만질 수 있고, 캘 수 있는 대상으로 전이시켜 독자에게 봄의 실체를 감각적으로 느끼게 하고 있다. 이는 봄을 인식하고 맞이하는 시인의 간절함과 절실함을 담으려는 수사적 전략이다. 무엇보다 이 시의 간절함은 "분홍 빨강 하얀 자유를 부르는 춤사위/ 날자 날자"에 깃들어 있는 탈출에 대한 강렬한 갈망에서 발생한다. 시적 화자는 구속을, 즉 겨울로 상징될 수 있는 생의 속박을 떨치기 위해 '날아오르는 자유'를 봄의 이미지에 투사시켜 표현하고 있다. 이는 "톡톡 잠든 흙을 깨운다"의 봄 이미지에도 일관되게 적용되는 내용이다. 이어지는 "끝없는 도전"이나 "푸른 색소들의 반란", "침묵하던 사랑의 온기"의 구절도 날아오름이나 깨어남과 같은 구속으로부터의 탈출의 이미지이자 자유로움에 대한 동경의 표현이다. 이것은 물론 무의미한 일상성에서 벗어나 의미로 충만한 성스러운 세계로의 진입을 상징한다. 그런 차원에서 시인이 봄의 화신이라 할 수 있는 씨앗을 두고 "홀씨 하나가 세상을 치켜든다."고 말하는 것은 너무나 놀랍고도 당연한 표현이다. 씨앗이 세상 위로 솟아나 세상을 한층 부풀게 하는 것은 기적과 같은 것이다. 왜냐하면 시인에게 이 홀씨는 심리적 동일시의 대상이자, "보물 같은 위력의 한 톨 씨앗의 힘"(「흙냄새」)으로 생의 진정한 의미를 깨닫게 해주는 '보물'이 되기 때문이다.

그런 관점에서 「봄이 오면 1 – 고향」 역시 봄의 지고한 상징성 위에 고향이라는 의미의 맥락을 겹쳐 무엇보다 시적 화자의 간절한 그리움의 대상이 되는 것으로 그려지고 있다. "개나리꽃 다정히 흐드러진", "버들강아지 눈 뜨는", "양지 바른 언덕 삘기 뽑아 먹던" 등의 표현은 봄날의 일반적 풍경이다. 모두 따뜻하고 풍요로워 생의 활기가 충만한 시간대임을 보여준다. 시인은 그러한 한 때로, 지금은 일상적 삶에 의해 사라진 동일성의 세계로 돌아가고 싶음을 "그 곳에 가리라", 또는 "그 곳에 머물고 싶어라."라는 말로 표현하고 있다. 모두 따뜻하고 풍요롭던 충일감 내지 전일감을 주는 상태로의 이행을 갈망하고 있는 것이다. 이것 역시 현재의 일상이 갖는 결핍과 모순에 대한 우회적 비판과 탈출을 암시하고 있다는 점에서 매우 가치 있는 삶을 추구하는 행위가 된다.

이러한 봄에 대한 지향은 겨울이라는 이미지가 갖는 엄혹성, 무의미성, 무기력성으로부터 벗어난다는 점에서 의미성, 풍요성, 평화성, 충일성 등의 상징을 획득하는 것으로 나아간다. 이러한 특성들은 인간에게 아주 절실한 것이기 때문에 어떤 존재든 추구해야할 진리의 모습과 다름없다. 그런 차원에서 시인은 봄을 "어느 봄날 어느새/ 그 꽃들 꽃 진 자리/ 새 생명 초록 잎들 부활하고 있었다."(『소리 없이 2』)에서는 새로운 생명의 '부활'로 노래하기도 하고, "오랜 시간이 흐른 뒤에 알겠더라/ 그 곳 먼 길에도 들려오는 관세음보살/ …〈중략〉… / 그 많은 겨울이 지난 뒤에 봄은 오고 또 봄/ 오랜 시간 삶의 중심에서 굳건히 걷고 있더라."(『오래간만에 여여정사에 가다』)에서는 생명에 대한 포용과 구원의 표상인 '관세음보살'로 빗대기도 한다. 진정한 진리의 세계로 봄을 바라보고 있다는 것이다.

그 결과 이 봄의 정령이라 할 수 있는 '꽃'에 대한 사유를 통해 인간 존재에 대한 이해와 탐색을 추구하게 되는 것은 김명옥 시인에게 너무나 자연스러운 일이 된다. 그때 꽃은 시인의 염원을 대리 표상하는 존재가 된다. 다음 시들이 바로 그런 경우일 것이다.

언제 왔는지 모른다
그 봄이 온 줄 모른다
매일을 뜀박질하듯 지나는 길목
둥근 성 같은 집 대문 위에
봄은 어김없이 왔다
무심코 곁눈 흘긴 순간 우유빛 얼굴들
순진무구한 꽃 봉오리를 보았다

–「목련꽃」부분

초여름 낯선 곳에 핀 고독을 보았네
하얀 찔레꽃 필 때면
고향마을 맑은 계곡물에 빨래하던
그 시절 그리워진다

〈중략〉

반갑기도 하고 슬프기도 하고
가슴 속 무엇을 쓸어내리는 하얀 꽃
먼 낯선 곳에 통곡 소리 들린다.

–「찔레꽃」부분

　이 두 편의 시는 봄이 왔을 때 피는 꽃을 통해 진정한 존재
의 특성과 그 형상성을 보여주고 있다. 「목련꽃」에서는 "우유
빛 얼굴들"과 "순진무구한 꽃 봉오리"에서 추출되는 맑음과
순진무구가 그것이고, 「찔레꽃」에서는 "낯선 곳에 핀 고독"이
나 "반갑기도 하고 슬프기도 하고/ 가슴 속 무엇을 쓸어내리
는 하얀 꽃"에서 엿볼 수 있는 고독과 슬픔이 그것이다. 이것

들의 공통점은 생의 세속적 욕망으로부터 초연해짐으로써 맑게 정화되는 존재의 표상이다. "매일을 뜀박질하듯 지나는" 일상적 현실 속에서, 즉 다람쥐 쳇바퀴 돌듯 답답하고 무의미하게 살고 있던 현실 속에서 꽃은 시적 화자에게 자신이 잃고 살고 있는 것이 무엇인지를 깨우치게 해 자신의 심부라 할 수 있는 "먼 낯선 곳에 통곡 소리 들리"게끔 한다. 꽃을 통한 깨우침이 절절한 반성을 통해 진정으로 추구해야 될 것이 무엇인가를 알게끔 하는 것이다.

그런 점에서 이 꽃의 시편들은 '피어난다'는 행위동사를 중심으로 생의 진실을 새로 체득하는 내용을 담고 있다. 예를 들어 이번 시집에서 손에 잡힌 대로 뽑아본 "돌아오는 길섶 호박꽃이 홀로 따뜻하다."(『골굴사에서』), "누군가 폭죽을 쏘아댄다"(『벚꽃』), "동네 어귀마다 무리지어 핀 꽃"(『분꽃이 핀다』)의 표현들은 꽃을 대상으로 하여 '따뜻한 외로움', '환한 놀라움', '끈덕진 연대' 등의 생의 진정한 가치들을 보여준다. 이것들은 살아가면서 일상적 현실이 주는 압력으로 말미암아 망각해버렸던 소중한 삶의 진실을 다시 발견하고 그것을 실천하겠다는 암시적 약속이다. 그러므로 김명옥 시인에게 꽃은 '존재의 성화聖化'를 상징한다.

이러한 인식은 세계의 성스러움을 꽃의 형상으로 표현하게끔 한다. 꽃이 성스러운 의미의 표상이라면, 성스러운 사물들 역시 꽃으로 현현할 수밖에 없다는 것이 시인의 생각이다. 다음 시편들이 그와 같음을 보여준다.

검푸른 바다에 뜬 둥근 해
성난 바다의 결정체 꽃이 핀다

　　〈중략〉

뜨겁게 하얀 둥근 그리움
간 배인 해를 닮은 꽃이 핀다.

– 「소금 꽃 1」 부분

신이 내린 신의 한 수일까
수많은 기둥과 틈이 누운 부채골 화석
대자연의 힘 위대하고 경이롭다
마치 해국이 핀 것처럼 아름다운
동해의 꽃이라 불리우는 신비의 주상절리
부처님 말씀인 듯 연꽃이 피었다

– 「주상절리를 보다」 부분

　두 시는 각각 사물인 '소금'과 '주상절리'를 형상화하고 있다. 「소금 꽃 1」에서 시인은 소금을 "성난 바다의 결정체"로서 "뜨겁게 하얀 둥근 그리움"의 특성을 가진 사물, 즉 바다의 정령으로서 성스러움을 가진 대상으로 파악하고 있다. 때문에 이 사물은 "간 배인 해를 닮은 꽃"으로 세계 속에 '피는' 존재가 된다. 소금 자체가 아름다움과 성스러움을 지녔기에 꽃의 형상성과 의미를 부여받고 있는 것이다. 즉 소금과 꽃은 내적 가치를 공유하는 동질적 존재로서 전이와 교감의 특수한 관계가 된다.

　이는 「주상절리를 보다」에서도 마찬가지다. 주상절리는 "신이 내린 신의 한 수"로서 "위대하고 경이로"운 "대자연의 힘"을 보여주는 신성한 대상이다. 시적 화자는 이 "신비의 주상절리"를 "해국이 핀 것", 혹은 "연꽃이 피어"난 것으로 표현함으로써 주상절리의 아름다움과 신비로움을 꽃의 아름다움과 신비로움에 전이시키고 있다. 이는 꽃의 특성이라 할 수 있는 질서 있는 형태와 아름다운 색채, 그리고 이를 바탕으로 늘 새롭게 출현하는 생명력에 주상절리의 신비성을 일치시키고 있다는 말이 된다. 김명옥 시인은 꽃을 통해 자기 존재의 성화뿐 아니라 사물의 성화도 진전시켜 세계의 신성함을 구축하고 있다. 이는 무기력과 무의미에 붙잡혀 살아가는 현대인에게 구원의 표상이 된다.

진정한 자아 탐구와 평범이라는 이름의 달관

이러한 구원에 이르기 위해 인간은 자신의 어리석음을 반성한다. 자기 존재의 성화는 내 안의 미숙을 깊이 성찰하여 그것으로부터 벗어나 성숙에 이르고자 하는 것이다. 그것에 대해 '벗어남, 끊어냄, 버림, 비움, 내려놓음' 등 다양한 용어로 표현할 수 있지만 모두 현실적 삶의 미망迷妄으로부터 벗어나 진정한 세계에 눈뜨기 위한 행동을 가리키는 것임은 틀림없다. 봄의 신령에 사로잡힌 김명옥 시인도 이와 같은 의지의 수행을 하지 않을 수 없다. 이를 잘 보여주는 시가 다음과 같은 작품일 것이다.

> 무엇을 버릴까요
> 무엇을 내 것으로 만들어 볼까요
> 아직 안심할 수 없는 세월
> 먼 어느 날 화려한 빈손으로 갈 것을
>
> 〈중략〉
>
> 섬뜩한 공허가 찾아들 때
> 마음 고요를 잡아주는 죽비소리
> 투명하게 마지막 썻은 마음
> 내려놓는다는 것
> 사랑한다는 것
> 대숲이 만든 바람
> 언제쯤 탐진치 비워볼까요.

— 「발우공양 1」 부분

이 시의 내용은 마음 수양이다. 미혹迷惑의 구체적 내용으로 "탐진치"를 말하고 있는 것을 보면 일정 부분 불교적 차원에서 마음을 닦고 있음을 알 수 있다. '탐진치貪瞋癡'는 탐내어 그칠 줄 모르는 욕심과 노여움과 어리석음을 가리키는 말로서 인간의 지혜를 어둡게 하여 진리에 이르지 못하게 하는 마음을 뜻한다. 시적 화자는 이러한 탐진치를 "비우"기를 바라면서 "무엇을 버릴까요/ 무엇을 내 것으로 만들어 볼까요"라고 물어 진정한 삶의 자세를 찾고 있다. 시적 화자는 끊임없이 "먼 어느 날 화려한 빈손으로 갈" 시간, 즉 "섬뜩한 공허가 찾아들 때"에 대비하여 "마음 고요를 잡아주는 죽비소리"를 찾아 헤매고 있는 것이다. 의문과 탐색, 한 마디로 방황으로 일컬을 수 있는 이 모색의 몸부림은 앞에서 언급했던 '무의미한 일상성을 벗어나려 발버둥치는' 갈등이나 번민과 다름없다.

그 점에서 역설적이게도 인간의 구원은 바로 이 방황과 번민에 깃들여 있다고 말할 수 있다. 구원은 태평과 만족에 있지 않다. 시인이 "오솔길 따라 오색 단풍 따라/ 나를 찾아서 뚜벅 뚜벅 걸어가"(『월출산 도갑사』)는 경우가 많고 그 길이 길어질수록 진정한 나의 구원, 그로 인한 세계의 구원은 더욱 뚜렷해진다. 참된 존재에 대한 고통스러운 깨우침 없이 존재와 세계의 구원은 허황하기 그지없기 때문이다. 그래서 고통이 구원이 된다. 시 속의 화자가 행하는 '버리고, 내려놓고, 비우는' 행위야말로 구원에 이르기 위한 고통의 변주인 것이다.

그런데 구원을 얻은 뒤의 삶은 어떤 모습일까? 우리는 무료한 일상 속에서 구원을 얻기를 갈구하고, 그것을 위해 애쓴다. 그렇지만 구원 뒤의 삶의 모습을 뚜렷하게 인식하지는 못한다. 신의 구원을 받게 되면 내 영혼은 빛이 나고, 일신은 안락해지겠지 하는 정도에서 생각은 그치기 마련이다. 구원을 받은 바 없기에 우리의 상상력은 더 나아갈 수가 없는 것이다. 다만 구원 이후의 삶의 형태가 지금의 일상적 현실에 속박 받는 것과는 다른 형태일 것이란 점만은 분명하게 예측해 볼 수 있다.

시인 김명옥의 이번 시집에 이에 대한 해답의 실마리가 될

만한 시편들이 있어 주목된다. 마치 원효가 도를 깨우치고 다시 중생의 세계로 돌아와 평범한 일상을 영위해 나갔듯이 '성화된 일상'의 형상성을 보여주고 있어 자못 놀라운 바가 있다. 시인은 이를 의식하고 있는 듯 "평범한 흙은 진실하다"「호박꽃」고 말하고 있다. 이 구절은 좀 더 줄여보면 '평범이 진실이다' 라는 명제로 수렴된다. 흙은 평범하지만 진실 그 자체이기에 이해가 되는 말이다. 따라서 '평범한 진실', 혹은 '진실한 평범' 이란 말이 있을 수 있다. 이는 성화된 일상이 삶의 의미와 활기로 가득 찬 상태에서 살아간다는 점에서 일상은 일상이되 무기력한 일상이 아니라 구원받은 일상이라 할 수 있는 것처럼 말이다. 그것은 평범 속에 비범의 속성으로서 구원의 심상이 스며든 것이다. 그럴 때는 원효의 환속처럼, 장자의 진인眞人처럼 '평범이 진실이다'란 역설이 성립할 수 있다. 다음 시들이 그런 느낌을 준다.

구월 끝자락의 아쉬움
만찬을 준비한 식탁 위에서 달랜다
가을 전어 회 초대는 한창 화기애애
자주 보면 더 많은 정 쌓인다고
가을 빛 구수한 바다를 한 상 가득 차린다
마음이 아름다운 몇 몇
싱싱하고 구수한 가을 전어 정성을 담고
덤으로 차린 웃음이 웃음을 만든다
손수 담근 매실주는 보너스다
텃밭의 상추 깻잎도 초대 받은 귀한 손님
소담스런 술잔 생긴 모양에

맛깔난 의미가 새겨지고
주인 신분으로 폼 나는 와인을 권하고
9월이 무르익는다
초대된 자들 오랜 동행을 자축하고

– 「9월의 초대」 전문

온갖 시름 달음박질로 날아가고
가을에서 내내 차 같은 물 마신다
다기의 우아함은 아니어도
탈모에 좋다는 생각하며
고혈압에 좋다는 기대하며
세상사 고열로 가슴 아픈 날 있어도
구수한 물맛 마음 다스린다
흙에 올곧게 뿌리내린 과묵한 결정체
우엉차 맛에 매혹당한
생애 어떤 과중한 일 있어도
구수하고 달큰하게 쉬어가 볼 일이다.

– 「우엉차」 부분

　두 편의 시는 일상적 삶의 모습을 시화하고 있다. 담백하고 소탈한 인간적 삶을 그리고 있다. 그런데 두 편의 시는 일상적 삶의 모습을 다루면서 무의미와 무기력으로 흘러가지 않는다. 우선 「9월의 초대」를 통해 그 내용을 보면, 시적 화자는 가을을 맞아 "마음이 아름다운 몇 몇"을 초대하여 "만찬"을 나누고 있다. 그런데 이 만찬의 모습은 "화기애애"하고, "더 많은 정 쌓이"는 것을 통해 "웃음이 웃음을 만드"는 충일한 삶의 현장이 되고 있다. 그 모임이 얼마나 가슴 따뜻하고 정겨

운지 "텃밭의 상추 깻잎도 초대 받은 귀한 손님"으로 등장하여 세계의 교감을 통해 성화의 한 장면을 만든다. 시적 상황과 전언을 통해 볼 때, 시 속의 일상적 삶의 모습은 우리가 진정한 삶의 가치로 추구해야 할 만한 정경이다. 그리하여 세계는 성화되어 "9월이 무르익는다"는 놀라운 통찰로 발전하게 된다. 이러한 삶의 자세는 욕심과 성냄, 어리석음을 떨쳐버린 데서 발생한다. 그저 진솔하고 유유하게 삶의 의미를 들여다보고자 하는 '평정심', 또는 '평상심'의 상태에서 일어나는 모습이라 할 때, 그것을 우리는 달관의 자세라 부를 수 있을 것이다.

「우엉차」도 이 경우 마찬가지다. "세상사 고열로 가슴 아픈 날 있어도/ 구수한 물맛 마음 다스리"는 삶의 모습은 존재의 성화를 일정 부분 담아내고 있는 모습이다. 그래서 "생애 어떤 과중한 일 있어도/ 구수하고 달큰하게 쉬어가 볼 일"이란 인식은 크게 욕심내지 않고 주어진 삶을 수행해 나가겠다는 다짐으로 읽힌다. '우엉차'로 형상화된 삶의 자세는 긍정과 소탈함을 통해 곡진한 생의 진경을 보여준다. 삶의 자세가 시인의 시적 특성인 담백함과 조촐함을 결정짓고 있는 것이다. 이러한 생의 자세를 우리는 역시 달관이라 부를 수 있을 것이다.

이러한 구절을 다시 살펴보면 그것은 평범 속에 깃든 비범, 평범이라는 이름의 달관, 다시 말해 성화된 일상이자 구원받은 일상에 대한 인식이라 할 수 있다. 이 인식에 이르기까지,

그리고 이러한 인식을 표현하기까지 시인 김명옥이 겪었을 삶의 무게와 거친 발걸음이 결코 가볍거나 수월하지 않았으리란 점은 분명하다. 참된 시인은 생의 아픔을 외면하지 않고 이를 포용하여 진정한 가치의 세계로 나아가게끔 하는 자다. "9월이 무르익는다"와 같은 차원에서 "삶이 단풍처럼 붉어진다."(『강천산의 풍경』)는 말을 김명옥 시인이 하는 것을 보면 삶을 결코 쉬이 보아 넘기는 태도는 아니라고 보인다. 시인은 시를 통해 삶의 의미를 꼭꼭 씹어 음미하는 것 같다. 따라서 존재의 성화를 통해 세계의 성화, 삶의 성화를 이루고자 하는 시인의 염원이 절실하고 곡진하게 그려지고 있다는 점에서 김명옥 시인의 시는 참으로 '인간적인, 너무나 인간적인' 드라마를 펼치고 있다고 하겠다.